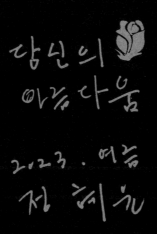

당신의
아름다움

2023. 여름
정혜원

마음 편해지고 싶은
사람들을 위한 워크숍

마음 편해지고 싶은
사람들을 위한 워크숍

정혜윤

위즈덤하우스

일생에 걸쳐서 단 한 번도 마음이
편해보지 못한 사람이 살고 있었다. 마음이
햇살처럼 환해지고 싶었던 그는 옛 친구들을
만나거나 등산 다니거나 명상을 하거나
심호흡을 하거나 여행이나 와인과 미식에
빠져보기도 했다. 그러나 자고 나면 늘 마음이
편치 않았다. 나이가 들면서 그는 건강염려증
환자가 되어갔다. 병원에서는 늘 그에게
"별다른 이상이 없는데요!"라고 말했다.
의사의 말을 들을 때마다 그는 기쁘기보다

허탈했다. 그렇다면 내 마음이 편치 않은 이유가 몸 때문은 아니었군! 이렇게 해서 그의 일생에 걸친 질문은 '마음 편하다는 것이 무슨 뜻인가?'가 되었다.

그에게는 조상 대대로 내려온 바닷가 숲이 있었다. 그는 그 숲을 잘 간직하고 있었다. 소신이 있어서 그런 것은 아니었다. 그저 이 거대한 숲을 팔아치운다고 생각하면 마음이 불편해서였다. 그는 어느 날 결단을 내렸다. 마음 편하다는 것이 무엇인지 정의를 내려주는 사람에게 그 숲을 양도하기로 마음먹었다. 단, 부동산으로 팔아치워서 개인적인 수익을 올리지 않는다는 조건으로.

그는 〈마음 편해지고 싶은 사람들을 위한 워크숍〉을 기획했다. 그가 기획한 것은 말이 워크숍이지 워크숍의 일반적인 특성을 하나도 갖추고 있지 않았다. 강연해줄 셀럽

강사도 없었고 심지어 참가자들이 한곳에 모여 있지도 않았다. 대신 워크숍에 참가하는 사람들에게는 참가 자체로 엄청난 특전이 주어졌다. 일단, 신청한 사람들은 자신이 가장 마음 편해지는 장소를 골라 일주일에서 최장 1년까지 그곳에 묵을 수 있다. 워크숍 기간에 소요되는 식비, 숙박비, 교통비와 용돈은 모두 무료로 제공받는다. 대신 워크숍이 끝날 때까지 마음이 편하다는 것에 대한 자신의 정의를 글로 써내기만 하면 되는 것이었다. 만약 써내지 않는다 해도 경비를 토해내거나 손목이 잘리는 것 같은 벌은 없었다. 우승자에게는 어마어마한 면적의 바닷가 숲과 덤으로 섬 하나를 받을 자격이 부여된다.

이 워크숍에는 전 국민의 10퍼센트가 참여했다. 전 국민의 10퍼센트가 참여한 행사는 2022년 카타르 월드컵 때 우승한

아르헨티나 국민이 연 축제 이후 처음 있는 세계사적인 사건이었다. 전국의 유명 호텔 방은 스위트룸부터 동이 났다. 유명 식당도 예약이 끝나버렸다. 캠핑카와 요트도 빌릴 수 없었다. 온 나라가 어떻게 하면 마음이 편해지는지를 두고 심사숙고에 들어갔다. 전국에 때아닌 글쓰기 열풍이 일어났다. 언론도 이 글쓰기 열기를 상세히 보도했다. 요란한 워크숍이 끝나자 그는 혼자서 전 국민의 10퍼센트가 써낸 글을 세심하게 다 읽었다. 그는 읽고 검토하고 생각하고 조금씩 실행해보기도 했다. 일부는 어느 정도 효과가 있었다. 매일 물구나무를 선다거나, 매일 강아지 머리를 쓰다듬는다거나, 매일 어린 동물들의 눈을 들여다본다거나, 매일 바닷바람을 정수리에 맞는다거나. 읽기 시작한 지 3년 만에 마침내 그는 우승자를

결정했다. 그는 난생처음 마음이 편해지는
것이 무엇인지 이해하게 되었으며 그 결과
여생을 어떻게 살아야 할지 알게 된 기분이
들었다고 선정 이유를 밝혔다. 우승자의 인적
사항은 미공개이다. 다만 글은 모든 사람에게
공개된다.

다음이 전문이다.

1

눈이 내리네. 눈, 너는 어디서 왔니? 묻게
만드는 아름다운 단어.

2 추방당한 왕후

기적처럼, 선물처럼 한 인간이 우리
앞에 나타났다. 침착한 관찰자 필리피노

이야기다. 그는 설명하기 어려운 남다른 재능을 타고났다. 그는 성모가 세상에 존재한다는 것을 알기 전부터 성모를 그릴 줄 알았다. 그는 단 한 번도 푸른 고래를 본 적이 없는데도 고래를 소금기 머금은 빛나는 몸으로 그릴 줄 알았다. 그는 돌고래를 본 적이 없는데도 돌고래의 숨결을 그릴 줄 알았다. 상황이 이렇다 보니 그는 특별한 사람으로 특별한 대우를 받았다. 그를 본 사람들은 '이 아이는 정말 아름답구나!' 하고 잠시 숨을 멈췄다. 그리고 감미로운 슬픔을 느꼈다. 미소년을 보는 사람들의 가슴속에 이런 생각들이 은은히 번졌다. '아! 삶을 처음부터 다시 살고 싶어. 다시 시작하고 싶어. 저 모습으로 살 수 있다면 얼마나 좋을까. 그런데 저 아이는 대체 어떻게 보지 않은 것을 그릴 수 있을까?'

이렇듯 그는 각별한 존중과 사랑 속에
자랐다. 행복을 맛보는 일만 기다릴 것이라고
예감해도 좋으리라. 그러나 신은 이번에도
호락호락하지 않았다. 그에게는 남모를
어두움 또한 있었다. 그의 아버지는 빼어난
그림 솜씨를 가진 수도사로 수도원의 주임
사제였고 어머니 또한 수녀였다. 그의
아버지는 성모님의 얼굴을 그릴 때마다
그녀의 얼굴을 그렸고, 그녀 외에 다른 얼굴을
그릴 수 없다는 것을 알았을 때 그녀를 향한
사랑에서 벗어날 수 없다는 것을 알았다. 그의
어머니 또한 기도를 올릴 때마다 가슴속에
뜨겁게 일렁이는 불꽃이 꼭 신을 향한 것만은
아니라는 것을 알았을 때 그를 향한 사랑에서
벗어날 수 없다는 것을 알았다. 가슴 철렁하고
두려운 일이었다. 이렇게 해서 필리피노라는
죄의 결실에 불과했을 수 있는 아이가 태어난

것이다. 이 사실이 평생 그를 따라다닐
것이라는 점이 부모의 가슴을 찢어놓았다.
'우리는 사랑한다. 그러나 상상 이상으로
책임을 지면서 사랑해야 한다'라고 부모는
생각했다. 그러나 필리피노는 이 사실마저
뛰어넘어버렸다고 해도 좋으리라. 그가
금박을 입히고 나무틀을 만들고 천과 물감을
고르는 일들을 어찌나 능숙하게 헤쳐나가던지
사람들은 그가 인간의 자식이라는 것을
잊어버릴 정도였다. 이 생각에는 근거가
있었다. 그는 아버지나 스승 혹은 또 다른
인간에게 뭘 배웠다기보다는 모든 것을 혼자
깨우치는 듯 보였다. 어린 독학자인 그가
하는 일은 관찰하는 것뿐이었다. 그는 모든
사람과 사물의 곁에 앉아 있을 줄 알았다.
수석 필경사, 성당 건축 현장의 인부, 상인,
개울, 새, 구름, 거리. 그는 모든 사람과 모든

사물의 옆에서 다정하게 존재할 줄 알았다.
이것이 그의 가장 신비로운 점이었다. 그가
옆에 있으면 모두들 커다란 날개를 펼치는
새처럼 우아해 보였다. 그가 옆에 있으면 모두
조금씩 눈동자가 빛나고 입가는 부드러워지고
분노로 가득했던 마음이 누그러졌다. 모두
그에게 친절해지는 동안 자기 자신에게도
친절해졌다. 그가 이런 기술을 어떻게
터득했는지는 알려진 바가 없다. 마찬가지로
그의 자아가 어땠는지 또한 알려진 바가 없다.
다만 그의 건강 상태에 대해서는 조금 알려져
있다. 그는 건강이 좋지 않았다. 그는 추위에
약했고 추위뿐 아니라 찬물, 찬바람, 찬 음식,
차가운 마음, 모든 차가움에 약했다. 그는
한번 앓기 시작하면 며칠씩 누워 지내야 했다.
다행스러운 것은 매번 그가 그만의 따뜻함을
찾아내 몸을 덥히고 병을 이겨냈다는 점이다.

어린 그에게 스스로 잘 돌보라고 충고한
사람 중에는 머지않아 당대 최고의 화가로
피렌체를 넘어 이탈리아 전역에 이름을
날리게 될 사람이 있었으니, 그의 이름은
보티첼리였다. 보티첼리는 필리피노가 자라자
그를 자신의 공방에 받아들였다. 보티첼리는
필리피노를 처음부터 조수가 아니라 동료
화가로 대우했다. 보티첼리와 필리피노가
작업하는 방식은 이랬다. 보티첼리가 허공을
가리키며 말했다.

"저기 천사 보이지? 저걸 그려!"

"좋아."

필리피노가 대답한 다음 순간, 천사가
그림에 나타났다.

"저기 아기 보이지? 저걸 그려!"

"좋아."

다음 순간에는 아이가 그림에 나타났다.

비결은 관찰이었다. 필리피노는 보티첼리의
손놀림을, 그가 붓을 휘두르는 방식을, 그가
하늘과 바람을 보는 방식을, 그 유명한
비너스의 목덜미와 손과 입술과 뺨과
조개껍데기와 물방울과 구름과 체온을,
드레스 자락을 그리는 방식을 관찰했다.
필리피노는 관찰하고 간파했다. 그는
보티첼리가 무엇을 그리든 똑같이 그릴 수
있었다. 이 문제에 대해서 보티첼리는 어떻게
생각했을까? 아무 염려할 것이 없었다.
보티첼리가 인간에게서 가장 보고 싶어 한
것은 가능성이었다. 보티첼리는 아직 젊은
필리피노가 신에게 부여받은 그 엄청난
특권으로 장차 무엇을 할지 궁금해했다. 그
둘은 같이 밥을 먹고 같이 포도주를 한잔하고
같이 이제 작업하자! 하며 일어섰다. 둘이
그렇게 작업하고 얼마나 시간이 흘렀을까.

보티첼리에게 신부의 결혼식 지참금에
해당하는 그림을 그려달라는 의뢰가
들어왔다. 그려야 할 작품 양이 많았다.
작품의 여러 에피소드 중 성경에 나오는
비극적인 에스더(와스디)를 그려달라는
내용이 포함되어 있었다.

"신부의 그림치고는 이상하지 않아?"

보티첼리는 필리피노를 돌아보면서
말했다. 보티첼리는 자신이 사랑하는 손과
마음을 가진 필리피노의 빛나는 눈을
바라보았다. 보티첼리는 그려야 할 그림의
마지막 한 점은 필리피노가 전적으로
맡아주길 바랐다.

"필리피노, 이번 그림은 나를 따라 하는
것이 아니라 너의 상상을 따라 해봐."

필리피노는 고개를 끄덕였다. 필리피노는
에스더의 이야기를 알고 있었다. 그는 창가에

앉았다. 눈을 감았다. 에스더의 여러 모습이 떠올랐다. 머리를 빗는 에스더, 새의 작은 머리통에 가볍게 입 맞추는 에스더, 기도를 올리는 에스더, 그러나 기도의 내용은 비밀로 간직하는 에스더. 마음에 들든 마음에 들지 않든, 자신에게 주어진 시간을 사랑하기로 마음먹으면서 제비꽃을 손에 쥐고 산책하는 에스더. 필리피노는 조금 더 자신의 상상을 펼쳐보기로 했다. 바빌로니아의 자랑스러운 보석이자 꽃, 에스더는 어릴 때부터 세상에서 가장 아름다운 소녀라는 말을 들었다. 구름 같은 황금빛 머리카락을 날리며 정원에 서 있는 그녀의 모습을 본 사람 누구나 특별한 느낌을 받았다. 그녀가 속해 있는 정원, 그녀가 밟고 있는 흙, 그녀의 어깨에 내려앉은 하늘거리는 꽃잎 한 장, 그녀의 머리카락을 날리는 한 줄기 바람까지도 전에 알던 정원,

전에 알던 흙, 전에 알던 바람과는 달라 보인
것이다. 에스더에게는 모든 아름다운 것을
자기 주변으로 모으는 특별한 힘이 있는
것 같았다. 아니, 이 말은 정확하지 않다.
에스더는 모든 것을 빛나게 만들었다는
말이 더 맞을지도 모르겠다. (한숨 가득한
외로운 방 지붕에 내려앉는 애달픈 저녁노을
빛을 상상할 것이라고 필리피노는 적어놨다.)
에스더는 아름다웠지만 누구도 그녀를
연인으로 사랑하지는 않았다. 에스더는
인간의 손으로 만질 수 있는 보석이 아닌
것 같았다. 그러나 곧 에스더에게 구혼하는
사람이 나타났다. 야망에 가득 찬 세계 최강
군주 크세르크세스였다. 왕으로 훈련받고
오로지 왕의 눈으로밖에 세상을 보지 못했던,
먼 훗날 그리스와의 전쟁에서 패하자 바다!
너를 노예로 삼겠노라, 하고 바다를 매섭게

채찍질하며 날뛰던, 스파르타의 300 전사를
몰살시켰던 젊은 왕은 그녀를 처음 본 뒤로
이성을 잃을 정도로 사랑에 빠져버렸다.
그는 백성 모두가 왕후를 사랑하기를
바랐다. 왕후는 자주 마차를 타고 신전에
갔고 오래 기도를 올렸다. 왕의 소원은
이루어졌다. 백성들은 왕후를 사랑했다. 매일
아침 거리에서 왕후의 마차가 지나가기를
기다렸다. 왕후를 본다는 것, 그것은 모두
같은 꿈을 꾸게 된다는 것을 뜻했다. 그녀의
긴 목과 금빛 머리카락을 본 사람들은 속으로
이런 생각을 했다.

'내가 보기를 기다린 것이 바로 저런
것이었어.'

'왕후는 아름다워. 우리는 너무 오랫동안
아름다움에 대해 이야기하지 않았어.'

궁정의 시인들은 왕후를 위한 시를

지었다.

우리는 오랫동안 뭔가를 기다려왔다

그것이 무엇인지 모르는 채

막연한 슬픔 속에, 혼자 누워 있을 때,

혼자 깨어 있을 때

종탑에서 들려오는 종소리를 들을 때,

웃고 떠드는 사람들 사이에서

이미 혼자인 우리를 더욱 혼자로 만드는

것이 무엇인지

모르는 채

기다려왔다

그리고 기다려온 것을 이제 봤다

우리는 우리 몸의 아름다움을 모르는

채로

신념도 없이, 사랑도 없이, 지킬 것도 없이

이리저리 걸어 다녔다

우리의 손, 팔, 다리, 관절, 뺨, 눈. 떨리는
속눈썹. 잊을 수 없는 미소…….
우리가 삶으로 표현하지 못한 것은
우리의 아름다운 몸이었다
그러나 이제
우리는 차갑게 얼어붙어 있지 않고 빛이
날 것이다
우리의 손은 사랑할 것을 찾아서 꼭 안을
것이다
우리의 쓸쓸함은 우리의 넓은 품이 되고
파-닥 파-닥
공기의 흐름을 바꿀 만한 커다란 날개가
될 것이다
우리는 우리가 좋아할 수 없는 사람이
우리 힘을 사용하지 못하게 할 것이다

우리는 여기 못난 현실보다는

굶주리고 복종하는 삶보다는

돌고래가 뛰노는 푸른 바다에

종달새가 날고 들장미가 핀 들판에

훨씬 더

어울리는 사람이 될 것이다

그녀의 아름다움은 우리의 잠 속으로,

꿈속으로,

어느 아름다운 날 흘리는 한숨 속으로,

슬픈 날의 미소 속으로, 노랫가락 속으로

흘러든다

그러나 매사가 그렇지 않은가. 어떤 일이
일어나는 동안 다른 일도 일어난다. 왕후를
못마땅하게 여기는 사람이 있었다. 왕의
어머니였다.

"너 시인들이 쓴 시 봤니?"

"네, 아름답더군요."

"불경의 시이자 반역의 시 같더구나."

왕은 말이 없었다.

"이교도 년이 낳은 애가 왕위를
이어받는다고?"

왕의 어머니는 왕에게 쓴소리를 했다.

"네가 국정을 돌보지 않는다고 하더구나.
네가 회의 때도 왕후의 얼굴만 바라본다는
이야기가 들리더구나."

그 말은 사실이었다. 왕후는 그에게
강력한 영향력을 행사했다. 왕후를 향한
왕의 사랑은 사소한 것이 아니었다. 전쟁쯤은
간단히 일으킬 수 있고 수없이 많은 사람을
죽음으로 내몰 수도 있었다. 왕은 이미 미칠
듯한 사냥으로 많은 동물을 죽였다. 그리고
죽인 동물을 끌어안고 눈물을 흘렸다. 내가
왕후를 사랑하는 만큼 왕후도 나를 사랑할까?
사랑의 확신을 갈망하는 왕은 세상에서

가장 비참한 젊은이나 다를 바 없었다.

왕은 사랑을, 오직 사랑만을 원한다는 것은

고통이란 것을 알기 시작하던 참이었다.

　"그래, 좋다. 그렇다면 왕후도 너를

사랑하는지 한번 알아보는 게 어떻겠니."

　　그 말은 왕의 머릿속에 독처럼

스며들었다. 왕은 어느 날 그가 지배하는

나라의 사신들이 모두 참여하는 커다란

축제를 열었다. 호사스러운 축제는 몇 날

며칠 이어질 것이었다. 그 잔치를 위해

200만 마리의 짐승이 도축되었다. 성스러운

동물들이 황금 제단에 제물로 바쳐질 것이다.

왕은 왕후에게 명령을 내렸다. 그 내용은 이런

것이었다.

　'당신의 고귀한 머리에 왕관을 쓰는 것

말고는 온몸에 아무것도 걸치지 말고, 그

아름다움을 어떤 것도 숨기지 말고 나를 향해

걸어오시오.'

3

눈이 내리네. 길 잃은 영혼에게 어서 빨리
집을 찾아야 해! 라고 말하는 것처럼 급하게
내리네.

4

왕은 다른 나라의 사절들 한가운데에
앉아 왕후를 기다렸다. 어떤 사람도 자리에서
일어날 생각을 하지 못했다. 우리는 무엇을
기다리고 있지? 우리가 왕후의 알몸을 봐도
될까? 기다리는 사람 모두 해서는 안 되는
일에 참여한다는 당혹감 속에 있었다. 그들은
아직 인간적인 면모를 잃지 않았다. 왕후는

나타나지 않았다. 대신 왕후는 특별히 아끼는
두 명의 시녀를 통해서 전갈을 보냈다.

'폐하, 그것은 불가능합니다.'

다른 말은 없었다. 세계 최강 왕의 권위가
만백성과 세계의 신민들이 지켜보는 가운데
바닥에 떨어졌다. 왕은 수치심으로 격분했다.
왕은 왕후가 보낸 심부름꾼들의 옷을 벗긴
다음, 소의 목을 잘라 소가 채 죽기도 전에
김이 모락모락 나는 피를 그들의 목 안에
들이부었다. 소의 피는 식어가면서 혈관을
막았다. 심부름꾼들은 온몸의 혈관이란
혈관은 다 터져가면서 숨을 쉬지 못하고
죽었다. 그러나 왕의 격분보다 왕의 어머니를
더 기쁘게 한 사실이 은밀히 궁궐 내실에서
전해졌다.

"왕후는 옷을 벗을 수 없었어요."

"여인의 자존심 때문에 왕의 명령을

거역하고 목숨을 버리는 일을 자초하겠다?"

"자존심 때문이 아니에요."

"그렇다면 무엇이더냐? 임신이라도 했단 말이더냐?"

왕후의 아름다운 몸에 아주 작은 변화가 나타나기 시작했다. 왕후는 훗날 한센병으로 불릴 피부병에 걸린 것이 틀림없었다. 타인의 고통에서 희열을 느끼는 가련한 부류의 인간인 왕의 어머니가 기뻐 날뛰는 동안, 왕은 신하들과 회의를 했다.

"남편의 명을 거역한 아내는 어떻게 되어야 하는가?"

신하들은 세상 모든 남편들과 아내들을 위한 본보기로 삼아야 한다고 했다.

"추방해야 합니다."

이렇게 해서 세상에서 가장 아름다운 왕후는 '추방'당하게 된다. 왕후를 마지막으로

한 번 더 보고 싶다, 같은 말은 왕의 입에서
나오지 않았다. 마지막으로 할 말은 없느냐,
같은 질문도 나오지 않았다. 최대한 왕에
대해서 좋게 말해본다면 어떤 말이 가능할까?
왕이 아니라 세상 그 누구라도 상처 입은
욕정과 자존심에 휩싸여서는 올바른 판단을
내릴 수 없으리라고?

　　여기서 필리피노는 잠시 숨을 멈췄다.
필리피노는 세상의 아름다움과 자신, 그리고
인간들 사이에 무엇이 있나 생각해봤다.
그것은 '추방'이었다. 우리 인간은
아름다움에서 추방 중이었다. 아름다움을
스스로 추방하기도 했다. 우리는 화가라면
누구도 붓으로 표현하고 싶어 하지 않을
추한 그림의 일부, 지옥도의 일부가 되어가는
중이었다. 이 생각을 하면 필리피노는 짐을
챙겨 떠나버리고 싶었다. 그는 어느 낯선

항구에 피난민으로 서 있는 자신의 모습을
당장이라도 그릴 수 있었다. 그러나 그는
이내 차분해졌다. 생각 중에서도 가장
차가운 생각은 우리가 변하지 않을 것이라는
생각이라고 마음을 다잡았다. 온종일 일하고
지친 사람들이 집으로 돌아가는 저녁나절
거리에 울려 퍼지는, 이 사람 저 사람
입에서 입으로 전해지는 소식들이란 것이
불쾌하고 볼품없는 것일수록, 사라져만 가는
삶을 단단히 붙잡아야 한다고 필리피노는
생각했다. 필리피노에게는 아름다움을 작게
만들고 싶은 마음이 없었다. 그림은 다른 것이
아니다. 대상과 빛의 관계일 뿐이다. 삶은
다른 것이 아니다. 나와 빛의 관계일 뿐이다.
필리피노에게는 그것이 곧 아름다움의
정의이기도 했다. 산은 염소의 등에 비치는
빛을 알고 있고, 조약돌은 호수에 비치는

빛을 알고 있고, 호수 속 나무 그림자는
가을 나뭇잎을 물들이는 빛을 알고 있고,
앨버트로스는 바닷물에 비치는 조개의 빛을
알고 있다. 세상 모든 것은 서로의 빛을 알고,
반영하고, 반사하고 있다. 그는 '추방'당하는
날의 왕후를 그리기로 마음먹었다. 그의
그림 속에서 왕후는 걸어가고 있다. 평범한
하얀 옷을 입고. 왕관은 벗어 던지고, 그
아름다움을 조금도 잃지 않은 채, 그 무엇에도
치명적으로 손상당하지 않은 채, 어떤 치욕과
두려움에도 무너지지 않은 고요함을 가지고.
그러나 그 옷은 곧 피로 얼룩질 것이다. 성문
밖에는 칼을 든 사형집행인이 조용히 그의
시간이 오기를 기다리고 있을 것이다. 그가
커다란 손으로 그녀의 머리채를 휘어잡고
목에 일격을 가할 때, 하늘을 날던 새와 벌과
나비들이 우-수-수 땅에 떨어질 것이다.

필리피노는 방에 틀어박혔다. 그리고
한 인간의 형상을 그리기 시작했다.
바빌로니아의 황금 정원을 사랑하던 여자.
젊은 왕의 광적인 야망에 동의할 수 없던
여자. 어디에 있든지 자신의 길을 갈 방법이
있다고 여전히 믿던 여자. 많은 생명의 죽음에
이미 울고 있던 여자. 어미와 새끼 동물의
죽음에 오래전부터 인간성의 많은 부분을
의문시하던 여자. 자기 방식으로 세상의
본보기가 되기로 마음먹은 여자. 이미 흘려진
피를 모아 신비로운 이야기를 만들어내기로
마음먹은 여자. 가장 마음이 찢어지는
이야기들에서 새로운 전설을 만들어내기로
마음먹은 여자.

필리피노가 그린 그림은 아직 왕후가
살아 있었을 때, 아직 마지막 발걸음을

떼어놓지 않았을 때, 아직 우리가 피를 보는
일에 익숙하지 않았을 때, 아직 우리가 닭들의
목을 비틀 줄 몰랐을 때, 아직 우리가 광란에
가까운 증오심에 물들지 않았을 때, 아직
우리가 동물을 산 채로 묻거나 갈아버린다는
생각을 떠올리지 않았을 때, 아직 우리가
추함의 무게에 짓눌리지 않았을 때, 아직
우리가 세상의 모든 아름다움과 전면전을
선언하지 않았을 때, 아직 나비들이 꿈결 같은
숨을 쉬며 날고 있었을 때, 아직 사형집행인이
칼을 다 갈지 못했을 때…….

　　걷던 그녀는 어느 순간 달릴 준비를 하는
것처럼 손가락으로 치맛자락을 들어 올릴
것이다.
　　그 손놀림은 가벼울 것이다. 그리고
그녀의 눈에 서쪽 하늘에 빛나는 한

무리의…….

필리피노는 마지막 순간에 멀리서
날아오는 야생 기러기 떼와 고니 떼를 그려
넣었다.

왕후마저 사라지면 깃털이 하나 공중에서
지상으로 떨어질 것이다.

이름 없는, 그러나 아름다운 사람들을
기억하려는 것처럼.

5

다음 날 보티첼리는 필리피노의 그림을
보았다. 그리고 필리피노를 바라보았다.
그때 보티첼리의 눈은 슬펐다고 한다.
슬프지만 부드러웠다고 한다. 그러고는
마치 필리피노가 옆에 없는 듯 한마디만을
계속했다고 한다.

6

"그 한마디가 뭐야?"

"내 사랑. 잠깐만 기다려. 눈이 내려."

7

무사는 내 전 연인의 이름이다. 나를
만나기 전의 무사는 내 친구의 연인이었다.
내가 알기로 무사는 늘 누군가의 연인이었다.
그녀는 연인들을 떠날 때마다 이렇게
말했다고 한다.

"우주에 영원한 것은 없어."

나도 그 영원한 진리에서 예외는
아니었다. 다만 이번에 그 말을 한 사람은
나였다.

8 시간 여행자의 키스

나는 장난스럽게 쓴 단 한 편의 글로
주목을 받았다. 내가 쓴 것은 〈시간 여행자의
키스〉였다. 내 글 속에서 우리는 키스 멸종
시대를 살고 있다. 코로나 이후 우리 인류는
여러 종류의 백신을 주기적으로 맞았다.
우리에게는 코로나 백신이 있고 독감
백신이 있고 원숭이두창(엠폭스) 백신이
있었다. 그때 정체 모를 또 하나의 새로운
인수공통감염병이 돌기 시작했다. 이름을
지어줄 수 없으니 일단은 질병 엑스라고
부르게 된 그 병의 치사율 자체는 높은 편이
아니었다. 대신 감염력이 높았다. 바이러스
학자들이 코로나 이후에도 여전히 남아 있는
중국과 아프리카의 박쥐와 천산갑, 밍크과
멸종위기종을 포함한 야생동물을 파는
시장들을 이 잡듯이 뒤지는 동안에 지금껏

다른 감염병에서는 나타나지 않았던 증세가
나타났다. (이 증세가 바로 나의 독창성이다.)
키스를 하면 입술이 물러 터지고 구강이
심하게 훼손되었고 노인들은 식사를 못
하게 되어서 그 여파로 죽는 것이었다.
그 뒤로 그 정체불명의 바이러스는 키스
바이러스로 불렸다. 젊은이들은 비웃었다.
노인들이 키스를? 그러나 누가 알랴, 노인들이
젊은이들보다 키스를 많이 하는지. 키스는
순식간에 사라졌다. 나는 이 시나리오를
덴마크에 사는 일본 작가의 말을 듣고
구상했다. '덴마크는 세상에서 가장 행복한
나라라고 한다. 나도 그렇게 믿고 있다. 그
증거로 우리는 먹는 것에 그렇게 열심히
매달리지 않는다.' 내게는 그 말이 맞아
보였다. 몇 년 전부터 우리는 먹는 것에
집요하게 매달리고 있었다. 우리에게는

어디서 뭘 먹었는지 외에는 이야깃거리가
별로 남지 않게 되었다. 그동안 입이 하던 세
가지 기능, 즉 먹는 것, 말하는 것, 사랑하는 것
중 한 가지만 남은 셈이었다. 내 글 속에서는
집요한 먹방 시대에 이상한 일이 벌어졌다.
사람들이 자기 자신이 누구인지 점점 더
알지 못하게 되는 것이었다. 사람들은 극심한
정체성의 혼란을 겪었다. 모두들 MBTI 같은
성격유형 검사나 점술에 매달렸고 서둘러
자기 자신과 타인을 이해했다. "응, 내가
그래서 그렇다는군." "네가 그래서 그래."

　　나는 어쩌면 무사의 영향을 받아서 이
이야기를 만들었을지도 모른다. 그녀는 늘
이렇게 말했다.

　　"너를 말하려면 네가 어떻게
사랑하는지를 말하라!"

　　내 시나리오는 아무것도 사랑해본 적이

없으므로 이야기할 것도, 영혼도 없다시피 한, 그리고 영혼이 없다 보니 살아 있는지조차 헷갈리는 기진이와 맥진이가 타임머신을 타고 과거로 여행을 가는 내용이었다. 이들을 과거로 데려간 것은 삼무 박사다. 삼무는 세 가지가 없다는 뜻이었다. 당시 우리의 정신 줄을 빼앗고 있던 세 가지—질병, 빈곤, 고독—에 대한 두려움이 없다는 뜻이었다. 삼무 박사가 삼무 박사가 되기 전에는 그도 이 세 가지에 사로잡혀 있었다. 그러나 그는 이름의 힘을 믿었다. 자기 자신에게 삼무라는 이름을 부여했다. 이 세 가지를 자기 방식으로 받아들이면서 거부한 뒤로 삼무 박사는 인생에 대해 이야기할 줄 알게 되었다. 물론 내 글에 약점은 있다. 그들을 과거로 데리고 가는 타임머신은 무엇으로 만들어졌는가? 타임머신의 에너지원, 즉 연료는 무엇인가?

시간을 통과할 때 기진이와 맥진이, 삼무 박사의 몸은 시간을 초월하는가? 등 중요한 문제들에 대해서 아무런 설명도 하지 않았다. 그러나 내 글에는 이 약점을 능가하는 장점이 있었다. 내 글에서 다룬 영화 속 인간들은 적어도 사랑하고 산다. 인간의 가슴 안에는 지상에서 가장 아름다운 감정 세 가지 안에 드는 설렘이 있다. 물론 영화 속에서 사랑은 곧 행복은 아니다. 그렇다면 사랑은 무엇인가? 사랑은…… 아마도, 감수하는 것이리라. 내 글에 거론된 영화는 〈카사블랑카〉 〈바람과 함께 사라지다〉 〈만추〉 〈트와일라잇〉 〈스파이더맨〉 〈타이타닉〉 〈열혈남아〉 〈노트북〉 등이다. 모두 사랑, 미움, 증오, 후회, 상실, 그리움 같은 인간의 '영원한 감정'을 다룬다. 내가 무사에게 한 말이 생각난다.

"영원한 것은 없어."

내 글 속에서 타임머신은 딱 한 번 미래로 간다. 그때의 영화 제목은 〈극최소접촉사랑〉이다. 미래의 우리는 방역복을 입고 치과에서 쓰는 장갑을 끼고 거의 이물감이 느껴지지 않는 최첨단 운명 마스크를 쓰고 사랑을 나눈다. 접촉은 최소화하고 욕망은 빠른 속도로 발생하고 소멸한다. 내 글에 가장 많이 쓰이는 단어는 운명이다. 미래에는 운명이라는 단어가 지금보다 훨씬 유행한다. 구강 청결제, 치약, 마스크, 다 운명이란 단어를 넣어서 광고를 만든다.

'당신의 운명을 바꿀 마스크.'

'당신의 운명을 바꿀 손 세정제.'

내 글에서 삼무 박사는 이 운명이라는 단어가 깊은 '체념'과 관련 있다고 썼다.

우리는 운명을 마스크, 백신, 청결제
등에 맡겨놓았다. 우리의 운명을
스스로 결정할 수도 있었을 순간에
우리는 또 운명을 다른 사람 손—주로
비즈니스맨—에 넘긴 것이다. 우리의
상태는 할 수 있는 일이 없는 것보다
할 힘이 없는 것에 더 가까웠다. 피할
수 없어서 고통스러운 불행이 아니라
피할 수 있어서 고통스러운 불행이 우리
불행의 패턴이다. 우리 인류는 지금 이
모습으로 사느라 지쳐버렸다. 우리는
거의 아무것도 하지 않았는데 더 이상
할 일이 없다고 느꼈다. 아니, 옆에서
아무리 할 일이 많다고 말해줘도, 할 일이
없다고 온몸으로 대답했다. 우리가 진정
원하는 것은 오직 쉬는 것뿐이다. 세계
종말이 온다 해도 진정으로 원하는 것은

오직 먹고 자고 쉬는 것뿐이다. 시간은
흘러가고 우리가 무엇을 하든 하지 않든,
일어나기로 되어 있는 일은 일어난다.
이것이 미래다. 이것이 운명이다. 이
와중에 우리의 키스도 서로 피곤하지
않도록 최소화되었다.

내 글은 사실 글이랄 것도 없었다. 과거의
전설적인 키스신들만 보여주고 우리의
어설픈 주인공들이 입만 쩍 벌리고 있게
만들면 그걸로 끝이었다. 누가 잉그리드
버그먼의 고혹적인 매력과 유덕화와 장만옥의
치명적인 매력에서, 탕웨이의 깊고 우아한
매력에서 눈을 뗄 수 있겠는가? 아 어쩌면,
우리가 어떤 아름다운 얼굴에서 눈을 뗄 수
없다는 것, 이것이 진짜 내 글의 주제일지도
모르겠다. 나는 우리 몸에 대한 믿음, 우리의

손, 입술, 눈에 대한 믿음을 회복하고 싶었던 것인지도 모르겠다. 그동안 우리의 카메라는 지글지글 익어가는 고기를 바라보는 눈과 쫄깃한 고기를 씹는 입술에 지나치게 길게 초점을 맞춰왔다. 우리는 서로의 눈을 바라보지 않았다. 우리는 먹는 이야기 말고는 서로 말을 하지 않았고 들으려고도 하지 않았다. 내 글은 손과 눈과 입술을 집요하게 묘사했다. 내가 고른 영화 속 모든 키스신이 그렇다. 키스신에서 신체 각 부위가 더할 나위 없이 소중하게 다뤄진다. 모든 고통과 행복은 몸에서 나온다는 듯이. '우리에게 사랑할 시간이 많이 남아 있지 않다.' 내 글의 카피였다. 내가 나한테 하는 말이었지만 괜찮은 카피였다. 하지만 내 진짜 속마음은 〈바람과 함께 사라지다〉의 남자 주인공 클라크 게이블의 말과 더 어울릴 것이다. "내 사랑. 그것은 내 알 바 아니오."

다 쓰고 나서 절망했던 기억이 난다.
'무사의 생각을 따라 쓴 거군.'

9

무사는 크러스너호르커이 라슬로라는
헝가리 작가를 좋아했다. 무사는 그의 책
《서왕모의 강림》을 사서 침대 옆에 뒀다.

"라슬로 수상 소감이 진짜 인상적이더라."

내가 제일 좋아하는 표정으로 무사가
말했다. 무사는 뭔가에 푹 빠질 때 아련하게
눈이 빛났다. 그럴 때 무사의 눈은, 잊고
있었지만 그리운 것을 담고 있는 거울 같았다.
나는 무사의 눈동자에 비치는 내 모습을
좋아했다.

"뭐라고 했는데?"

"아마도 나는 지옥에서 아름다움을
추구하는 독자들을 위한 작가인 것 같다."

지옥에서 아름다움을 추구하는 작가라면?
그 작가의 책은 읽기 쉽지 않을 것 같다.
지옥에서 아름다움을 추구하는 사람이 잘
모르는 사람이라면? 존경할 것이다. 지옥에서
아름다움을 추구하는 사람이 연인이라면?
자랑스러워할 것이다. 지옥에서 아름다움을
추구하는 연인이 그 일을 포기하지 않는다면?
지칠 것이다. 그 일을 영원히 하려고 한다면?
아마도 헤어지게 될 것이다.

"나는 읽지 않을 것 같아. 네가 읽고
말해줘."

그런 날은 오지 않았다. 우리 관계는 그
대화 얼마 후 끝장났다.

10

무사와 헤어진 후 나는 무사가 두고
간 라슬로 단편집을 읽었다. 그중 한 편이
무사를 연상시켰다. 제목은 〈추방당한
왕후〉. 번역자의 소개를 빌리자면 〈추방당한
왕후〉는 바빌로니아 출신의 초절정 미인
와스디(에스더)가 페르시아의 대군주
아하수에로(크세르크세스)왕과 결혼한 뒤
시어머니의 미움과 모함을 받아 궁에서
추방되고 결국 살해당하는 이야기, 수 세기
후에 와스디를 그린 화가 필리피노 리피의
기구한 삶 이야기, 와스디를 보티첼리가
그렸는지 필리피노 리피가 그렸는지 등을
압도적인 방식으로 다룬다고 되어 있다. 과연
숨 막히게 압도적인 글이었다. 그런데 이 책의
뭔가가 계속 나의 마음을 건드렸다. 그것이
뭔지 알게 된 것은 나중의 일이었다.

11

　'조류독감은 다음번 팬데믹? 아닐걸'
같은 헤드라인을 단 기사가 적어도
2009년경부터는 꾸준히 보도되고 있었다.
2022년 카타르 월드컵이 있던 해부터
조류독감은 더 강해지고 더 빨라졌다. 그해
아르헨티나와 프랑스의 결승전 직후 나는
우포늪에 갔다. 월드컵이 끝나자 내가 더 이상
시계를 보면서 기다릴 일은 없었다. 하늘을
보자 기러기가 날고 있었다. 무사 생각이
났다. 우리가 헤어지기 전에도 무사는 혼자
가는 여행을 좋아했었다. 무사는 우포늪에도
혼자 갔었다. 그리고 나에게 전화기 너머로
기러기 소리를 들려줬다.

　"여기선 밤에 방에 누워서도 창살을 뚫고
들어오는 고니와 기러기 소리를 들을 수
있어."

나는 동대구역까지 가서 시외버스로
갈아타고 창녕 우포늪에 갔다. 늪에
들어서자마자 무사의 말대로 소리가
가득했다. 한 번도 들어본 적 없는 소리들이
애절한 파도처럼 밀려왔다. 그중 잊을 수 없는
것은 기러기가 수생식물의 뿌리를 먹는 소리,
그리고 고니가 수중 질주를 하는 탁-탁-탁
소리였다. 무사가 세상에서 가장 아름답다고
한 소리였다. 고니가 물 위를 달리고 박차고
날아오르는 소리는 과연 아름다웠다. 고니의
심장과 내 심장이 함께 뛰고, 고니와 내가
함께 저 높은 하늘로 도약하는 것 같았다.
내가 누군가와 함께 숨 쉬는 것이 가슴
벅차다고 느낀 것은 실로 오랜만이었다.
고니들은 지구가 아직도 자신들의 집인지
살펴보려는 것처럼 내 머리 위에서 선회했다.
내 옆에 서 있던 우포늪 생태 해설가가

"올해는 고니나 기러기들이 먹을 게 많지 않아요"라고 말해주었다. 새들이 먹이를 구하던 논은 수익성이 높다는 양파밭이나 마늘밭으로 바뀌고 있었다. 나는 오후, 밤, 새벽, 다음 날 오후까지 고니와 기러기를 보고 그들의 소리를 들었다. 영화 〈만추〉에서 현빈이 탕웨이에게 한 말이 떠올랐다. "여기서 다시 만날까요? 당신이 나오면." 영화에서는 키스 소리에 섞인 갈매기 소리가 들렸다. 내가 무사를 기다린다면 고니가 수면을 박차고 오르는 소리가 들리고, 오래된 무덤 위로 북두칠성이 떠오르고 기러기의 그림자가 물 위에 비치는 이곳이 좋을 것 같다는 생각이 머리를 스쳤다. 쓸데없는 생각이었다.

우포늪에 다녀온 뒤 고니 한 마리가 얼마나 하늘을 바꿔놓았던가 생각하는 것이 버릇이 되었다. 고니의 수중 질주 소리가

반복적으로 떠오르자 마음속에 내가 머무를
새로운 장소가 생겼다. 이전에 나는 공허와
슬픔 사이에 있었다. 그러나 이제는 사랑과
슬픔 사이에 있게 되었다. 나는 매일 밤
그곳을 거처 삼아 쉴 것이다. 그러나 그해
고니는 다른 어느 해보다 많은 개체수가
순천만의 흑두루미와 함께 조류독감으로
폐사했다. 나는 논바닥에 누워 있는 흑두루미
사체 사진을 찾아보곤 했다. 고니, 흑두루미,
모두 눈처럼 별처럼 멀리서 온 단어였다. 알
수 없는 먼 곳을 연상시키는 그들의 여행은
이렇게 끝나는 것일까?

'어떤 사랑은 이 세상의 많은 일들에
반대하게 만들어. 반대하는 힘이 한 사람의
진짜 힘이야. 너를 지키기 위해서라면 나는
기꺼이 반대자가 될 거야. 사랑해.'

우리가 처음 사랑에 빠졌을 때 무사가

나에게 준 크리스마스카드에 적힌 문구였다.
내가 그 문구를 읽고 있을 때 무사는 내
어깨에 두 다리를 올려놓은 채 웃고 있었다.
나는 눈을 감고 무사의 발목에 오래 키스했다.
(발목은 무사의 몸에서 내가 특히 좋아하는
부분이었다. 무사에게는 어려서 발뒤꿈치를 들고
까치발로 담 밖을 내다보던, 세상을 궁금해하던
소녀의 흔적이 남아 있었다.) 아름다운 기억이다.
그렇지만 그 아름다운 날에, 진짜로 카드 속
문장을 살아내려면 삶을 완전히 바꿔야만
한다는 것까지는 생각하지 않았다. 지금도
그렇다. 그러니 기러기들아. 고니들아.
니희들이 제아무리 위기에 처해도 나에게
애원하지 마. 아무것도.

12

무사가 느닷없이 의논할 일이 있다는
메시지를 보냈다. 그녀에게 연락이 오자
고인이 살아 돌아온 것처럼 당황스러웠다.
그때 알았다. 나는 그녀를 만날 마음이 전혀
없다는 것을. 한때는 그녀를 위해 죽을 수도
있다고 생각했었다. 그녀도 뭔가를 위해
죽을 수 있는 사람이었다. 다만, 그것이 내가
아니었을 뿐.

13

무사는 코로나 직후 광화문에서 경찰의
봉쇄를 뚫고 퍼포먼스를 한 뒤 난폭하게
끌려가는 한 장의 사진으로 SNS상에서
유명해졌던 모양이다. 당시 그녀가 한 행동은
별것이 아니었다. '코로나 시절, 인간의

역사에서 악수가 사라졌다!' 그녀는 이렇게 쓴 현수막을 걸고 그 앞에서 악수 장례식이라는 퍼포먼스를 했다. 그녀는 내 짐작이 맞는다면 2019년, 총리도 참석한 아이슬란드의 오크예퀴들(Okjokull) 빙하 장례식에서 영감을 받았을 것이다. 빙하 밑에 추모판이 부착되었다.

　내용은 이렇다.

　미래에 보내는 편지(A Letter to the Future)

　오크예퀴들은 최초로 빙하의 지위를 상실한 아이슬란드의 빙하다. 앞으로 200년 사이에 우리의 모든 빙하가 같은 길을 걸어갈 것으로 예상된다. 이 추모비로 우리는 현재 어떤 일이 벌어지고 있으며, 무엇을 해야 하는지 알고 있음을 밝힌다.

우리가 해야 할 일을 했는지는 오직

미래의 당신만이 알 수 있다.

그로부터 3년 뒤 무사가 광화문에서

발표한 악수 장례식 추도문의 문장은 이렇다.

미래에 보내는 편지

악수는 코로나 시절 최초로 인간 몸짓의

지위를 상실한 인간 행위다.

악수하려다 내민 손을 황급히 거둘

때마다 우리에게 새로운 자아가 생겨났다.

우리는 고의적인 단절에 익숙해질 것이다.

우리는 더 이상 반가움, 환영, 친밀함,

다정함, 관대함을 몸으로 표현할 줄

모르게 될 것으로 예상된다.

우리는 손이 붙잡을 수 있는 것이란
생각도 못 하고 살게 될 것이다.
우리는 흘깃 보는 것만으로도 서로가
얼마나 외로운지 알게 될 것이다.
우리는 우리가 사랑하는 많은 것이,
우리를 묶어두었던 많은 것이 소리 소문
없이 사라지는 것을 보면서 살게 될
것이다.
우리가 악수를 상실한 이유에 대해서
곱씹을수록 우리는 지금 무엇을 해야
하는지 알게 될 것이다.
우리가 해야 할 일을 했는지는 오직
미래의 당신만이 알 수 있다.

나는 이 글을 인터넷 기사에서 봤다.
서로 잠깐 보는 것만으로도 얼마나 외로운지
알게 된다고? (이건 내가 그녀에게 헤어질 때

한 말이잖아. 날 봐. 얼마나 외로운지!) 그녀가
끌려간 것은 거의 벌거벗은 몸에 빨간
물감으로 아주 거칠게 손금과 손가락을
그렸기 때문일 것이다. 온몸이 악수하려고
내밀었다가 잘린 채 선홍빛 피를 흘리는
손처럼 보였다. 다행히 여경들이 순식간에
뭔가로 그녀를 덮었다. 내가 알기로
무사는 수치심의 옹호자였다. (사는 것은
죽는 것만큼이나 수치스러운 일이야! 라고
그녀는 한탄하곤 했다.) 그런 그녀가 왜 옷을
벗었을까? 더 이상 그녀가 내 품 안에 없지만
그 몸이 내게 익숙한 실루엣이라는 사실은
변함없었다. 괴로웠다.

14

"네 악수 글 봤어."

"봤구나. 좀 약했지? 더 세게 썼어야
했어?"

"나는 네가 악수를 그렇게 소중히 여기는
줄 몰랐어."

"왜 이래, 내가 네 손을 얼마나
좋아했는데. 나 스킨십 좋아하는 것 알잖아."

그랬다. 내 손은 늘 무사의 몸이 원하는
곳을 정확히 알았다. 그 생각을 하자 얼굴이
빨개졌다.

"그런데 옷은 왜 벗었어?"

나는 끝내 참지 못하고 불쾌감을
표현했다. 수치스럽지도 않았어? 라고 묻는 내
속마음을 그녀가 읽은 모양이었다. 하긴 모를
리가 없다. 그런 말을 숱하게 들었을 테니까.

"그렇지 않아도 수치심 장례식이라는
글도 썼어. 수치심 추도문이야. 늘 가지고
다녀."

그녀는 가방에서 노트를 꺼내려고 했다.
내가 익히 아는 가방이었다. 그새 어깨끈이
닳았다.

"보고 싶지 않아."

"봐, 봐줘."

"이것도 발표했었어?"

"시기를 기다리는 중이야."

"도대체 추도문을 몇 개나 쓴 거야?"

"정말 많이 썼어. 그사이 추도문 전문가가
되었어. 책임감을 위한 추도문, 양심을 위한
추도문, 관대함을 위한 추도문, 추방당하는
야생동물들을 위한 추도문, 공사장의
삽으로 잘려 나가는 도롱뇽을 위한 추도문,
살처분당한 동물들을 위한 추도문, 마지막
코뿔소를 위한 추도문, 몸이 똥으로 뒤덮인
채 죽은 펭귄을 위한 추도문, 멧돼지를
위한 추도문, 자라지도 못하고 팔려 나가는

나무들을 위한 추도문도 다 써뒀어."

"멧돼지를 위한 추도문은 봤어."

아프리카돼지열병이 돌 때마다 무조건
사살되는 멧돼지는 이제 한반도에서 거의
멸종되었다.

어미 멧돼지들아!

그동안 충분히 참았다.

그러나 이제는

희생자가 되기를 거부하라!

너희의 아이들을 보호하라.

너희에겐 이빨이 있잖아.

그때 무사는 "그년의 몸뚱이에 멧돼지의
어금니를 박아라!" 같은 욕을 꽤 먹었다.
오랜만에 보니 무사는 지쳐 보였다. 그러나
무사의 지친 얼굴은 왜 그렇게 아름다운가.

무사가 살처분당한 동물들을 위한 추도문에
쓴 구절 하나가 떠올랐다.

내가 사랑하는 사람의 품에 안겨
포근하게 자는 사이에
많은 동물이 땅에 묻히고 분쇄기에 산
채로 갈렸다.
말해줘.
그토록 많은 생명들이 죽고 있는데
어떻게 인생이 빛날 것으로 생각할 수
있지?

"너는 우리 인류에게 뭔가 더 잃을 것이
있다고 생각하는 거지?"

"물론이지. 거의 남지 않았지만 아직 있긴
있어."

"다음번엔 뭐라고 생각해?"

그녀가 갑자기 손가락으로 내 입술을
만졌다.

"키스."

'왜 날 찾아왔지?'라고 물을 필요는
없었다. 키스 장례식에 내가 필요했던 것이다.

"그런 일로 날 찾지는 마. 애도는 네
전문이야. 네 일은 네가 알아서 해."

그녀가 만진 내 입술은 바짝 말라 있었다.
'이제, 내 삶에 함부로 들어오지 마!'라는 말은
참았다.

15

무사는 자신의 추도문 하나하나가 새로운
가능성을 열 수도 있다는 일말의 희망을
포기하지 않았던 것일까?

"그냥 그래야만 할 것 같아서. 미래를

포기하고 싶지 않아서. 미래는 포기하기에는 가치가 있는 것이라는 생각을 포기할 수 없어서."

추도문은 무사가 현실을 보는 정직한 방식이었다. 그러나 나로서는 나 살아생전에 무사가 꿈꾸는 그런 일을 목격할 것 같지가 않다. 인간이 살처분을 그만두고 공장식 축산을 그만두고 양심을 되찾고 살아 있는 모든 생명을 소중히 여기고…… 그런 허황된 유토피아를 꿈꾸느니 제대로 된 실질적인 해결책을 찾는 것이 낫다. 행복은 눈높이를 낮추는 것이라는 말이 있지 않던가. 유감스러운 것은 실질적인 해결책을 찾는 일은 흉내만 내다 너무 쉽고 간단히 포기해버린다는 점이다. 나오는 해결책들은 다 미봉책들이었다. 어쨌든 무사가 관심을 가지는 것은 누구도 자세히 알고 싶어 하지 않는 그런 항목에 해당되는 것들이다.

무사가 쓴 추도문을 묶는다면 제목은 이게

좋겠다. '누가 알고 싶대?' 정작 무사가 정한

제목은 '현실은 부재를 감춘다'였다. 그런데

그 와중에 나는 다른 것이 궁금했다. 그녀는

왜 키스가 사라질 거라고 생각했을까? 혹시

무사도 내 글을 읽었고 내 글에서 뭔가 영감을

받았을까? 그렇다면 그녀도 나를 여전히

생각하고 있다는 증거로 받아들여도 될까?

하지만 그 시절엔 누구나 디스토피아에 대한

글을 쓸 수 있었다. 말하자면 디스토피아의

시대였다. 신종 감염병 약간, 바이러스 약간,

산불 약간, 해수면 상승 약간, 이상기후 약간,

동물 멸종 약간. 감염병과 기후위기는 인기

있는 글과 영화의 재료였다. 그러나 그것을

삶의 재료로 받아들인 사람은 희귀했다.

적어도 너무 적었다.

"사람들이 미래에 대해서 말할 때 질문을
던지지 않는 것이 있어."

"뭐지?"

"미래에 우리는 어떤 인간이 돼 있을까?
어떤 인간들과 같이 살게 될까?"

"어떤 인간일 거라 생각해?"

무사는 현재도 외롭고, 그리고 미래에도
변함없이 외로울 것을 아는 사람 특유의
초연한 표정으로 대답했다.

"외면하는 인간."

16

"신경과민이야. 조류독감이
인수공통감염병이라고 해도 우리 같은 사람은
안전해. 양계장 근처에 사는 사람들에게나
위험한 거야. 이주민 노동자나 일용직, 일할

곳도 갈 곳도 없는 그런 사람들. 질병도
소득수준에 따라 달라진다고. 내 말이
차갑다고 생각하지? 하지만 이게 현실이야.
리얼리즘이야."

　무사가 찾아왔을 때 우리는 갈수록
심해지는 조류독감에 대해 이야기를 나눴다.
내가 이 말을 하는 순간 방 안에 시든 꽃의
향이 가득했다. 무섭게 공허했다. 내친김에
한마디 더 했다.

　"다들 삶이 힘들어. 굳이 일어나지도 않은
일들로 너와 다른 사람들을 힘들게 해서 좋을
일이 뭐가 있어? 네 얼굴을 봐. 불행하잖아.
그것 때문에 기후위기론자들이 이룬 것
하나 없이 비난받는 것 알잖아. 인간은 다
헤쳐나간다고. 인간은 똑똑하다고! 적어도
너보다는."

　내 사랑을 거부한 무사에게는 더한 말도

할 수 있었다. 그녀에게 상처를 주고 힘을
빼앗고 싶었다. 내면의 불, 거의 아름답다고
할 수도 있는, 그 빛을 꺼버리고 싶었다.

17

우리가 헤어질 때와 똑같은 상황이었다.
그때는 기후위기 때문에 일어난 제로웨이스트
운동 때문에 다퉜다. 나는 그때 무사를
위해 새 접시와 새 와인 잔과 풍부한 장미
향의 샤워 젤과 보디로션과 보슬보슬한
커다란 타월을 샀다. 새 상품의 향이 공기
중에 가득했다. 내게는 설렘과 그 물건을
사용하면서 얻을 행복한 미래에 대한
기대(무사의 샤워한 몸에 대한 기대 포함)와
안정감을 주는 향기였다. 이런 것이 굳이 다른
시대가 아니라, 바로 이 시대를 사는 기쁨이자

행복이었다.

"팔에 한가득 담긴 물건이 주는 풍요를 맛보지 못한 사람만이 제로웨이스트 운동을 할 수 있을 거야. 안타깝게도 제로웨이스트 운동은 실패할 거야. 우리는 맛봐서는 안 되는 사과를 먹은 거지."

나는 두 팔을 벌려 이번에는 물건이 아니라 무사를 한가득 안으려고 했다. 그러나 무사는 나를 밀쳐냈다.

"나는 지금이 위기 상황인 줄도 모르는 사람과는 더 이상 잘 수 없어!"

나는 적어도 지금이 황금시대이자 태평성대라고 생각하는 사람은 아니었기 때문에 억울했다. "세상에 이런 이유로 결별하는 사람은 없어!"라고 나는 말했다.

"왜 없어. 슬픈 사람을 모욕하는 사람과는 함께 잘 수 없는 것처럼, 기르던 강아지를

버리는 사람과는 함께 잘 수 없는 것처럼,
길고양이 눈을 뽑아버리는 사람과는 함께
잠들 수 없는 것처럼, 빨대를 쓰는 사람과는
더 이상 함께 잘 수 없어. 끼니마다 고기를
먹는 사람과는 더 이상 함께 잘 수 없어. 이
사이에 고기가 긴 사람과는 더 이상 함께 누워
잘 수 없어. 기름을 펑펑 쓰는 사람과는 더
이상 함께 누워 잘 수 없어. 목욕탕에서 물을
콸콸 틀어놓는 사람과는 더 이상 함께 누워
잘 수 없어. 석유 기금에 투자하는 펀드를
가지고 있는 사람과도, 음식물 쓰레기를 다른
쓰레기와 섞어 버리는 사람과도, 지하철
휴지통에 먹다 남은 아이스 아메리카노를
버리는 사람과도, 바다에 쓰레기를 버리는
사람과도……."

그때 '사랑해'라고 말할 수도 있었다.

그러나 "너 진짜 피곤하다"라고 말했다.
'사랑해'라고 말할 수도 있었다. 그러나 "다른
사람 찾아봐"라고 말했다.

　"그것이 나의 고독이야. 다른 사람을
찾으려 해도 찾을 수 없는 고독. 왜 다 똑같은
거야? 그런 고기는 먹을 수 없다고 말하는
사람이 왜 없는 거야?"

　'사랑해'라고 말할 수도 있었다. 그러나
"넌 정신병자야. 강박증 환자라고!"라고
말했다. 영화 〈노트북〉에서는 정확히 반대로
말했다. "네가 원하는 사람이 될게." 내
친구들은 그녀를 또라이라고 불렀다. (하지만
아무리 생각해도 무사는 또라이가 아니었다.
무사에게 다른 이름을 지어주고 싶었다. 무사에게
맞는 적절하고 정확한 단어-이름을 찾을 수
없다는 것도 답답한 일이었다. "진짜 이름이
힘이래!"라고 무사가 늘 말하지 않았던가!) 나는

친구들에게 따뜻한 위로를 받았다. 나는
자유로웠다. 그런데 고통스러웠다. 무사가
나에게서 빼앗아 간 것은 단어 하나 빼고는
없었다. '사르르'라는 단어였다. 사르르 잠이
들다. 사르르 근심 걱정이 녹아내리다. 사르르
슬픔이 사라지다. 사르르 위안이 내려오다! 또
어떤 사르르가 우리 사이에 있었던가?

"너와 나는 사르르 부족이야!"

아침마다 무사는 나에게 이렇게 인사했다.

"오늘도 사르르해."

'사르르'는 내게 행복 항목에 속하는
단어였다. 어떤 대가를 치르더라도 무사를
잡았어야 했나, 두 팔로 눈을 가린 채 나
자신에게 묻곤 했다. 나는 다시 한번 고전적인
질문으로 들어갔다. '사랑을 원하나, 자유를
원하나?' 가장 위안이 되는 말은 '시간이
해결해주겠지'였다. 그리고 이렇게 해서 나는

다시 한번 시간 속에 흩어진 존재가 되어갔다.

18

1997년 5월 홍콩에서 세 살 소년이
독감으로 사망했을 때 홍콩의 과학자들은
그 바이러스가 무엇인지 알지 못했다. 그때
홍콩을 방문 중이던 네덜란드 과학자가
바이러스 표본을 얻어 자기 나라로 가져갔다.
전 세계로 타전된 연구 결과는 한 단어로
표현하면 이렇다.

"맙소사."

그는 바이러스가 H5처럼 보인다는 것을
전 세계 과학자들에게 알렸다. 조류독감
바이러스였다.

"그럴 리가 없어. 불가능한 일이야."

과학자들은 이구동성으로 이렇게 말했다.

H5는 인간을 감염시키지 않는다고. 모두 네덜란드 과학자의 실수라고 생각했다. 그러나 1997년에 희생자는 계속 늘었다. 그제야 비로소 본격적인 조사가 시작되었다. 바이러스는 코로나 때처럼 살아 있는 가금류를 취급하는 시장에서 발생했기 때문에 홍콩 당국은 150만 마리의 가금류를 살처분했다. 다행히 바이러스는 자취를 감추었다. 그러나 무서운 이야기가 늘 그렇듯 끝이 아니었다. 인간을 감염시켰던 바이러스는 아주 조용히 중국 동부 해안가로 옮겨 가 집오리들 사이에서 명맥을 유지했다. 바이러스를 찾아내기엔 너무 어려운 상황이었다. 오리들은 감염되어도 아무런 증세를 보이지 않기 때문이다. 그래서 감염병 상황에서 오리들은 '트로이의 목마'라는 별명을 얻게 된다. 트로이의 목마를 성안으로

들이면서 트로이는 멸망한다. 바이러스에 감염된 야생 오리가 논 위에 내려앉아 똥을 누면 오염된 물을 통해 집오리들이 감염될 수 있다. 오리들은 멀쩡해 보이지만 저녁에 아이들이 오리 떼를 몰고 닭장 속에 가두면 함께 있는 닭들이 감염될 수 있다. 머지않아 닭과 아이들이 모두 죽을 수 있다. 6년 후 H5N1은 한국, 베트남, 일본, 인도네시아 등 아시아 각 지역의 조류에서 검출되었다. 그리고 멀리 날아갈 줄 아는 인도기러기를 따라 유럽으로 갔다. 조류 바이러스는 무시무시한 결과를 가져올 수 있지만 아직 인간에서 인간으로 전파되는 효율적인 방법을 찾지 못했다. 문제는 인간과 인간, 인간과 감염된 조류 사이의 접촉이 너무 많고, 닭도 오리도 많아도 너무 많다는 것이다. 치사율은 60퍼센트가량이다.

나는 이 내용을 《인수공통 모든 전염병의 열쇠》라는 책에서 읽었다. 많은 단어 중 '트로이의 목마'라는 단어가 잊히지 않았다. 트로이의 목마라는 것은 그 목마로 많은 사람의 삶이 변했다는 뜻이다. 트로이의 목마라는 제목으로 쓸 수 있는 이야기는 아주 많다. 내 집 안방에 절대로 들이지 말았어야 하는 것들. 무사도 트로이의 목마다. 그녀 안에 뭐가 들어 있는지 모르지만 그녀도 나를 적잖이 파괴시켰다. 어쩌면 더 파괴되어야 할지도. 그러나 나는 파괴자가 되고 싶지도, 파괴되고 싶지도 않았다.

19

1997년 이후 우리나라로 한정 짓는다면 조류독감 대책에 있어선 변한 것이 없어

보인다. 해마다 수십만 마리가 살처분되었다. 해마다 수백억의 돈이 들었다. 조류독감이 발생한 지역 반경 3킬로미터 이내의 닭과 오리는 병에 걸리지 않았어도 모두 죽인다는 예방적 살처분이 잔인하긴 해도 이해 못할 일은 아니다. 인간을 위해서 새의 희생은 어쩔 수 없다. 누군가는 코로나에 빗대서 조류독감을 말하기도 했다. "감염자가 있다고 3킬로미터 이내의 인간을 모두 죽일 수 있습니까?" 내게는 이 말이 패배할 전쟁을 치르러 가는 병사의 목소리처럼 무의미하게 들렸다. 아직 지구는 인간 중심이다. 이것이 지구에서 인간이 살아온 방식이다. 시간은 긴 사슬처럼 우리를 묶어놓고 같은 길을 이리저리 끌고 다닐 뿐이다.

20

　조류독감은 무사와 내가 마지막으로 만난 뒤로도 몇 년째 우리의 관심을 끌지 못했다. 조류독감이 인간을 죽이지 않고 있다는 뜻이다. 엄청난 예방적 살처분이 훌륭한 성과를 낸 덕분이다. 살처분되는 동물의 수는 해마다 늘고 또 늘었다. 전 국토가 매몰지라는 소문도 있었다. 건강을 위해 만 보 걷기 운동을 하는 사람은 누구나 매몰지를 밟을 수 있다는 말까지 나왔다. 시체 위에 세워진 건강 프로젝트인 셈어었다. 멋지게 성장할 기회를 한 번도 갖지 못한 동물들이 흘린 핏물이 섞인 침출수 뉴스도 잦았지만, 정부는 늘 별 이상 없다고 발표했고 그런 뉴스가 잦아질수록 우리는 익숙해지고 대수롭지 않게 여기게 되었다. 우리는 그 어떤 제복보다 방역복을 신뢰했다. 방역복이 뉴스에 등장하면 평범한

일상이 재가동되었다. 언제나 그랬듯이 계란
값만 잠시 올랐다가 그것도 곧 진정되었다.
조류독감은 계란만 제값에 먹을 수 있다면
신경 쓸 필요 없는 일이었다. 나는 해마다
한국인이 선호하는 갈색 계란이 아니라
미국산 백색 계란으로 만든 오믈렛을 먹었다.
조류독감 뉴스를 볼 때마다 고니의 수중
질주 소리와 무사 생각이 났다. 무사는
내게 더 이상 연락을 하지 않았다. 그 사실
때문에 나는 다시 한번 분노했다. "끝까지
자기중심적인 인간이야. 내가 필요하지
않은 거지." 그래도 오믈렛을 먹을 때마다
마음이 불편했다. 결국은 먹지 않게 되었다.
문제는 내가 키스 생각을 점점 더 자주 하고
있다는 것이다. 체온이 필요하다. 사랑할
때가 되었다. 차가운 세상에서 따뜻해질 때가
되었다. 마음 일부분은 아직 무사에게서

헤어나지 못했지만 내게는 함께 휴일의
바비큐를 즐기고 일상의 평범한 행복을
누릴 안정적인 연인이, "사랑해!"라고 마음
편히 말할 사람이 필요했다. 무사의 안부가
궁금하면 무사 이름을 검색해봤다. 벌거벗은
채 끌려가는 영상이 마지막이었다. 무사는
다른 사람과 절대로 헷갈릴 수가 없었다. 즉,
무사는 이 세상과 맞지 않았다. 다만 너무
아름다운 방식으로 맞지 않았다. 잘 지내기를
바란다. 이것이 내가 무사에게 갖는 최종적인
느낌이었다.

21

　영화 〈300〉은 스파르타의 300 전사가
크세르크세스가 이끄는 페르시아 대군을
맞아 용감하게 싸우지만 모두 전멸한다는

내용이다. 라슬로의 소설이 아니라 실제
역사 속에서 크세르크세스의 부인은
어떤 사람이었을까? 호색한으로 알려진
크세르크세스는 왕후를 사랑했을까? 그를
향한 그녀의 사랑, 혹은 그녀를 향한 그의
사랑은 전쟁에, 인류의 역사에, 한 인간이
휘두를 수 있는 힘의 성격에, 우리 욕망의
본질에 아무런 영향을 미치지 못했을까?

22

갑자기 '현대판 잠자는 숲속의
공주들'이란 제목의 기이한 기사가 나오기
시작했다. 이 일은 한 소녀에게서 시작되었다.
소녀의 엄마는 학교에 다녀온 딸이 갑자기
혀가 꼬인 채 횡설수설하더니 선 채로 잠이
들었다고 언론 인터뷰에서 말했다. 소녀는

한번 잠이 들자 일주일을 깨지 않았다. 소녀는 응급실에 실려 가서 뇌 검사를 비롯한 온갖 검사를 받았다. 혈압도 혈색도 체온도 모든 것이 정상이었다. 소녀를 포함한 가족 전체의 과거 병력이 온 세상에 낱낱이 밝혀졌지만, 별것 없었다. 그러자 아동 학대, 술과 마약 가능성까지 제기되었다. 단 한 가지 특이한 점은 그날 소녀가 친구들과 함께 수업을 빼먹고 숲에 놀러 갔었다는 것이다. 이 때문에 소녀에게 (수업 빼먹고 놀러 갔으니 무슨 일을 당해도 자기 책임이라는) 비난이 쏟아지고 사건은 가족들만의 문제로 남겨졌다. 문제는 사건 일주일 뒤에 발생했다. 또 한 명의 소녀가 잠이 든 것이다. 나이는 소녀1보다 한 살 많았다. 증세는 소녀1과 같았고 소녀1과 아는 사이는 아니었지만 같은 학교에 다니고 있었다. 소녀2 역시 픽 쓰러져 잠든 뒤

깨어나지 않았다.

23

그다음 날 갑자기 그 도시에 있는 사람들 열한 명이 똑같은 증세를 보였다. 남자 한 명을 빼놓고는 모두 젊은 여성들이었다. 소녀1, 2와 같은 학교에 다니는 학생 다섯 명이 포함되어 있었다. 이 중에는 소녀1과 숲에 다녀온 두 친구도 포함되어 있었다. 이 기이한 병의 특징은 혼수상태에 빠진 것처럼 보이지만, 뇌 상태는 완전히 정상이라는 것이었다. 이 환자들은 수십 년 전부터 지구 서사의 중요한 축이었던 좀비와도 달랐다. 무리를 지어 비틀비틀 거리로 쏟아져 나오지도 않았고 몽유병 증세도 없었고 착란 증세를 보이지도 않았고 발작을 일으키지도 않았고 건강 상태도 양호하게 유지되었다.
심리학자, 신경학자, 뇌과학자들이 해당
지역으로 파견되었다. 그들은 잠든 여성들이
어려서 학대를 겪었는지, 트라우마가
있었는지, 최근에 심한 스트레스 상황에
놓였는지, 평소에 정신질환을 앓았는지,
우울증적 성향이 있었는지, 현실을
부정하거나 떠나고 싶어 했는지, 인간관계는
좋았는지, 혹시 성폭행 정황은 없었는지까지
가족과 주변인들을 상대로 온갖 질문을
쏟아냈다. 처음 발병한 두 소녀와 친구들을
빼고는 숲에 다녀온 사람은 없었다. 병원에서
해줄 일이 없으므로 그들 모두 집으로
돌아갔다. 병명을 특정할 수 없으므로 그들은
계속 '잠자는 숲속의 공주들'로 불렸다.

24

숲에 대한 대대적인 조사가 있었던 것도
두말할 필요가 없다. 공주들을 잠재운 숲은
고라니 한 마리 살지 않는 볼품없는 작은
야산에 불과했다. 물론 한국의 많은 숲이
기후위기 대책을 세운답시고 어린나무를
심기 위해 오래된 나무들을 베어버려서
그렇게 변해갔다. 우리는 오래된 숲을 잃었다.
이것 또한 우리가 잃어버린 줄도 모르고
잃어버린 것의 목록에 속한다. 숲의 이력은
이렇다. 군인들이 파놓고 방치한 참호 때문에
수해를 입은 적이 한 번 있었고, 산불이 두
번 난 적 있었다. 불법 건축물이 근처에 몇
채 있었다. 또 다른 특징이 있다면 살처분
동물의 매몰지가 그 안에 있었다는 것이었다.
그러나 매몰된 지 10년도 더 지난 땅이었다.
동물 사체들은 이미 오래전에 파헤쳐져서

완전히 소각되었다. 하지만 이에 따른 무서운 이야기가 인근 마을들에 전해져 내려오고 있었다. 비가 많이 오면 흘러넘치는 물에 돼지 뼈다귀가 같이 나온다거나, 흙이 유달리 검붉고 끔찍하게 고약한 냄새가 난다거나, 땅 밑에서 아직도 돼지 울음소리가 들린다거나. 살아 있을 때는 한 번도 부여한 적 없는 영혼을 동물에게 부여한 이야기도 있었다. 여전히 아기 돼지가 어미를 찾아 헤매고 있다거나, 여전히 어미 소가 눈물을 흘리고 있다거나. 전체적으로 건강한 숲이 아니지만 그래도 근처에는 둘레길이 있어서 계절마다 꽃이 폈다. 초록은 언제나 기적의 빛깔이고 봄은 그곳에도 온 것이다. 사건 발생 첫날 소녀1과 함께 숲에 다녀온 두 소녀가 이내 잠들어버렸으므로 그날의 진실을 자세히 알 도리는 없었다. 그녀들이 아직 깨어 있을 때

조사에서 한 말은 고작 소녀1이 맨발로 흙을 밟았고 그때 흙에서 축축한 물이 스며 나왔고 소녀1이 약한 비명을 질렀다는 것뿐이었다. "뭔가가 숨어 있어!"라는 말도 들은 것 같다고 했는데 이것은 정확하지는 않다.

25

이 사건이 혹시 다른 지역으로도 번질 수 있을까? 매몰지는 전국에 있는데 만약 매몰지와 관련이 있다면 전국에서 환자가 나와야 맞지 않을까?

26

어느 정도 그렇게 되었다. 최초의 사건이 보고된 지역의 옆 도시 두 군데서 발병이 있었고 환자의 규모는 같았다. 세 도시 모두 열두 명의 여성과 한 명의 남성이 잠들었다. 어두운 구름이 세 지역의 하늘 위로 드리워졌다. 이 지역들을 봉쇄해야 한다는 여론이 빗발쳤다. 정부는 수질 및 토양 검사 결과에 이상이 없다고 발표했다. 그 사건을 두고 나오는 수천 가지 말 중 새로운 것은 없었다. 그중에는 여성들을 충분히 질식시킬 만한 독이 있는 것도 많았고 유독한 말일수록 전염성이 높았다. 가장 전염성이 높은 것은 사이비 종교, 집단 성행위, 근친상간 등이었다. 학업이나 진로, 직장, 인간관계 스트레스로 인한 꾀병설도 있었다. 분노와 상심 사이를 오가는 부모들은 잠든 소녀들의 방 창문을 수시로 열어주었다. 잠든 소녀들에게는 빛과 맑은 공기가 필요했다. 소녀1의 창문 너머로는 문제의 숲이 보였다.

27

발병자의 숫자가 모두 13인 것이
기이했다. 동화 《잠자는 숲속의 공주》에서
사건을 일으킨 것은 초대받지 못한 열세
번째 요정이었다. 혹시 동화의 방식으로
이 수수께끼를 풀 수도 있을까? 공주를 본
왕자가 충동을 참지 못하고 키스를 하는 방식
말이다. 그러나 잠자는 숲속의 공주들이라
불리는 여성들은 동화 속 공주처럼 그렇게
수동적이지 않았다. 잠들어 있지만 그들 중
다수가 말을 알아듣고 대답을 했다. 자기
이름을 말하기도 했고 친구들의 안부를
묻기도 했다. 그 때문에 학교 친구들이
소녀들을 찾아가기 시작했다. 친구들은
그날 배운 것을 알려주기도 했고 가끔은
옆에 잠깐 누웠다가 깜빡 잠들기도 했다.
그사이 일상적인 사랑의 몸짓들이 특별한

중요성을 띠게 되었다. 잠든 아이들이 욕창에 걸리지 않게 매일 들어 올려 엉덩이와 허벅지를 닦아주는 몸짓, 잠든 아이들에게 빛을 쬐어주려고 창문을 여는 몸짓, 잠든 아이들을 키득키득 웃게 만들려고 책의 페이지를 넘기는 몸짓, 잠든 아이들의 머리를 빗질하는 몸짓, 침대는 아직 튼튼한지 침대 틀을 만져보는 몸짓, 옷과 이불을 볕에 말리는 몸짓, 누군가 신선한 과일을 가져와서 문 앞에 두고 가는 몸짓. 이렇게 해서 코로나 이후 그 어느 때보다 많은 접촉의 몸짓이 시작되었다. 조심스럽지만 체온을 가진 사람이 옆에 있다는 것을 알리기에 충분한 접촉이었다.

"아직 살아 있어서 기뻐."

"아직도 심장이 뛰잖아."

누군가 마당에 닭 한 마리를 놓아 기르기 시작했다. 닭은 이내 고고하게 활보하기 시작했고 아침마다 "일어나.
일어나! 아침이야" 요란하게 울어댔다.
"깨어났습니까?" "어떻게든 깨워야 해!" 같은
말이 제일 자주 입에 올랐다.

28

이 잠자는 숲속의 공주들은 깊은 인상을
남기지는 못했다. 곧 뉴스와 대부분의 사람들
관심에서 공주들이 사라졌다는 뜻이다. 동화
속에서처럼 100년 동안 잊힐지 모르겠다.
게다가 그즈음 또 다른 기이한 일이 벌어졌다.
우리나라에 입국했던 기후 난민 200여 명이
흔적도 없이 사라진 것이다. 잦은 고장으로
더 이상 아무도 일하려고 들지 않는 원전
근처에서 강제 노역을 한다는 소문이 났다.
그중 탈출하려던 사람이 바다에 빠져

죽었다는 소문도 있었다. 문득, 무사는 어디에 있을까 궁금했다. 한 번은 무사를 다시 보고 싶었다.

29

첫 번째 사고가 일어난 소도시의 한가운데에는 기차역이 있었다. 한때는 추억 여행의 명소로 핫 플레이스였다가 버려진 곳이었다. 나는 역 근처에서 무사를 만났다. 긴 팔다리를 흔들며 태평하게 걸어오는 무사를 보자 순간적으로 행복했다.

"어서 와."

나는 그녀에게 어떻게 된 일인지 뭔가 알아냈냐고 물었다.

"'체념증후군'이라고 알아?"

무사는 이 개념을 《잠자는 숲속의

소녀들》이라는 책에서 배웠다고 한다.

스웨덴에서는 난민 신청이 거부된 난민 소녀들이 잠드는 증세를 보이고 있다. 잠자는 난민 소녀들은 수년째 자고 있지만 건강하다. 그들 중에는 의사소통이 가능한 이도 있다. 그 소녀들은 왜 잠든 것일까? 간단히 말하면 그 일은 난민 신청이 거부된 다음에 일어났다. 그들은 난민 신청이 거부된 다음 일어날 일에 대해서 숱하게 이야기를 들었을 것이다. 모두 추방, 강제 송환, 체포, 감금, 고문, 처벌, 격리 등과 관련된 이야기다. 그 떠도는 끔찍한 이야기들이 소녀들의 잠과 연결될 수 있다는 추론이었다. 그렇다면 소녀들은 손톱을 물어뜯으면서 난민 신청이 거부되면 난 일어나지 않을래! 끔찍한 이야기가 있는 곳으로는 가지 않을래! 결심이라도 했단 말인가?

"만약 난민 신청이 받아들여진다면 일어날까?"

"응, 그래서 자다가 깨어난 사람들의 사례가 있어."

"그렇다면 스웨덴 난민 소녀를 깨울 유일한 방법은 난민 신청을 허용하는 것뿐이라고 봐도 좋을까?"

무사는 고개를 끄덕였다. 이 병은 아직까지는 막연하게 '체념증후군'이라고 불린다. 한 사람이 체념으로 결국 일어나지 못하게 된다면 그사이 그에게 얼마나 많은 일이 있었고 얼마나 많은 이야기가 귀에 흘러 들어간 것일까? 하긴, 우리가 혼자 있을 때 머릿속에 끔찍한 이야기만 떠오른다면 그때는 어떻게 해야 하는가? 이불 뒤집어쓰고 자야 하지 않을까?

30

"잠을 자게 만든 배경이 무엇인지를 아는 게 중요하지 않을까?"라고 무사는 말했다. 이 기이한 잠이 질병이라면 심리적인 것인가, 육체적인 것인가, 개인적인 것인가, 사회적인 것인가, 사회심리적인 것인가, 사회문화적인 것인가? 아니면 정부의 발표와는 반대로 심각해질 질병의 징후인가? 자연의 경고인가? 신중하게 따져봐야 할 어려운 문제였지만 이미 이 '잠자는 숲속의 공주들'은 대중적 관심을 잃어가는 중이었다. 하지만 궁금하다. 무사의 가설이 맞는다고 해도, 만약 우리의 공주들도 어느 날 '외롭다' '불행하다' '끔찍하다' '두렵다' '이해할 수 없다' '숨 막힌다' 같은 말들이 진부해질 정도로 넘치는 지경이 되어버린, 행여나 품었던 기대가 실망으로 끝나는 이야기가 뇌에 잔뜩

저장되어가는 세상에서, 눈을 뜨지 않기로 결심했다면 그것은 과연 체념인가?

"무사. 악몽 같은 현실 속으로 다시는 돌아가지 않으려는 것을 체념이라고 불러야 해? 다른 말이 필요하지 않아?"

무사가 덥석 내 손을 잡았다.

"진짜 중요한 질문이다. 그걸 가리키는 단어가 없다. 그렇지? 현실도피? 의지박약? 도망?"

우리는 웃음을 터트렸다.

"어쩌면 거부? 반대? 저항? 수동적 저항? 어쩌면 꿈?"

"맞아! 이 현실을 배경으로 누가 어떤 꿈을 꾸고 있는지 알 수 있다면 좋겠다."

31

"그렇다면 잠자는 숲속의 공주들을
깨우는 키스는 뭐야?"

무사는 느릿느릿 대답했다.

"일단 누워 있지는 말자."

"그다음엔?"

무사는 마음을 뒤흔드는 슬픈 표정으로
말했다.

"이야기를 바꿔야지."

32

이야기를 바꾸기 시작한 것은 맨
처음에는 부모들이었다. 부모들은 이 일이
발생하자 이렇게 말했다. "우리는 어떤 일도
감당할 수 있습니다. 깨울 수만 있다면." 나는
무사와 함께 잠자는 숲속의 공주들 집을

차례차례 찾아갔다. 모두 장미가 심겨 있었다.

"동화 속 잠자는 숲속 공주의 원래 이름이 들장미 공주라 그래."

처음에는 아파트가 아닌 개인 주택에 사는 소녀1의 집 마당에 심어졌다. 그러다 소녀2의 집에도, 소녀3의 집에도……. 이렇게 해서 점점 더 많은 가족이 장미를 심기 시작했다. 잠자는 숲속의 공주들을 돕는 사람들은 전국에 장미나무를 보내달라는 홍보 활동을 시작했다. 처음에 반응을 보인 것은 이미 예방적 살처분으로 경제적 손실을 입었거나 트라우마를 갖고 있던 사람들이었다. 그리고 동물을 사랑하거나, 아이를 기르거나, 미래를 포기하지 않았거나, 사랑을 표현할 기회를 찾거나, 친구를 찾거나, 채식주의자이거나, 기후위기에 관심을 가지고 있거나, 아니면 단순히 호기심이 많은 축에 속하는 사람 등. 점점 더 많은 사람이 잠자는 숲속의 공주들이 사는 마을을 찾았다. 한번 찾은 사람이 다음번에 장미 묘목을 들고 나타나는 일이 잦아졌다. 이것은 신기한 일이고 신기한 일이 아니기도 했다. 이것은 아름다움의 영역에 속하는 일이기 때문이다. 한번 본 아름다움은 잊히지 않고 마음속에 남기 때문이다. 그리고 우리 인류는 꽃이 피는 이야기를 사랑한다. 꽃 핀 그늘 아래서 이야기와 사랑이 영원히 다시 시작된다. 장미꽃마다 문구가 달리기 시작했다.

'파묻었던 것은 어떤 것도 그냥 사라지지 않는다.'

'숨 막힌 채 죽어가는 동물의 얼굴이 내 얼굴이다.'

'공장식 축산 농가를 친환경 농가로 전환하도록 정부는 나서라! 이것이 진정한

그린뉴딜!'

'우리는 더 이상 재난을 원하지 않는다.
죽음을 원하지 않는다. 죽음 같은 무관심을
원하지 않는다.'

'죽이고 파묻는 이야기 말고 다른 이야기
어디 없나?'

'이 장미꽃 밑에 잔인함을 파묻지 마세요.'

'장미를 함부로 만지지 마세요. 우리에게
가시가 없는 줄 아세요?'

'우리가 과거로 돌아가는 일은 없다.'

'동물도 나도 무사히 늙어 죽고 싶다.
존엄하게 죽고 싶다.'

33

장미는 피고 지기를 거듭했다. 물론,
모든 게 순조롭지는 않아서 정체를 알 수

없는 사람들이 장미꽃 길에 불을 지른

사건들도 몇 번 있었다. 부모 중에 두 명은

잠든 아이들에게 영원한 작별 인사를 하고

세상을 떠났다. 부모들의 유골을 장미꽃

아래 묻을 때, 우리는 사랑할 수 있는 시간이

영원하지는 않다는 사실에 가슴 아파했다.

그때도 깨어나는 사람은 없었다. 그러나 잠든

공주들의 집은 장미로 연결되었고 결국 길이

되었다. 그 향기로운 길을 걷다 보면, 특히

아침 이슬을 매단 꽃길을 걷다 보면 자연이

스스로 치유 중인 것 같다는 느낌을 받기도

했다. 어느 날 아침, 나는 그 길을 산책하다가

무사가 묵고 있는 집으로 들어가는 문을

잊어버렸다. 장미나무들은 가시로 두껍게

덮여 있었고 그 가시 사이로 집에 들어갈 수

있는 작은 쪽문이 있는데 도저히 찾을 수가

없었다. 구로사와 아키라 감독의 영화 속 한

장면이 생각났다. 말을 탄 기사들이 계속 같은 나무 앞을 지나가는 장면이었다. 그 장면이 말하는 것은 기사들은 이미 오래전에 길을 잃었다는 것이다. 그날 아침 장미나무 길을 이리저리 걷다가 결국 뛰기 시작한 나는 계속 똑같은 길을 오간다는 것을 눈치챘다. 현실 속 나 자신이 이미 있는 출구를 알아보지 못하고 갇혀 있는 사람이라는 생각이 들기 시작했다. 혹시 무사도 잠이 들어버린 걸까? 하는 생각이 불현듯 뇌리를 스쳤다. 그렇지 않고서야 내가 이렇게까지 출구를 찾지 못할 이유가 없지 않나, 라는 의심이 들었다. 그 의심은 정당해 보였다. 무사가 없는 세상을 상상하자 슬픔이 밀려왔다. 나는 무사의 이름을 소리쳐 부르기 시작했다.

"무사! 무사!"

얼마나 소리 질렀을까? 무사가 나타났다.

이제 막 잠에서 깬 부스스한 모습으로. 나는 달려가 무사를 안았다. 한참을 꼭 안고 가만히 서 있었다. 서서히 슬픔이 장미 향으로 채워졌다. 서서히 슬픔이 사랑으로 바뀌었다. 그날 그렇게, 활짝 핀 장미꽃 가시덤불 사이로 난 좁은 출구 앞에서 무사를 안고 서 있던 내 모습은, 이미 벌어진 일이 있고, 앞으로 일어날 일도 밝지 않을 때 떠올릴 수 있는 이미지가 되었다.

34

장미 향이 날릴 때마다 나무에 매단 문구들에서도 향기가 났다. 나는 장미꽃을 가꾸는 사람들을 지켜보았다. 장미꽃 향기 하나로 마음이 밝아진다면 어떻게 우리의 작은 노력이 무의미하다고 말할 수 있겠는가?

어느 날 나는 처음으로 나만의 문구를 걸었다.

'장미꽃 가시에 매달린 이 말들은 모두 잘 자라나 장미와 함께 풍경이 될 것이다. 그러기 위해서 우리 인간이 지구에 있는 것이다.'

35

내가 무사 곁에 있는 것이 어떤 의미인지 무사에게 묻지 않았다. 그러나 나는 안다. 마침내 무사와 내가 서로에게 기쁨이 되는 존재 방식을 찾았다는 것을.

"너는 책을 읽어. 나는 장미를 가꿀게."

그사이 무사는 꿈의 직장―식물원의 청소부―을 구했다. 무사는 발걸음도 가볍게, 마음도 가볍게 출근한다고 말했다. 나는 무사에게 너는 마음이 무거워도 언제나 발걸음이 가벼웠다고 말해주었다. 무사는

휴일이면 '잠자는 숲속의 공주들'에게 갔고
가시에 찔리지 않게 조심하면서 장미를 계속
가꿨다. 많은 시간이 흘렀지만 아직 아무도
깨어나지는 않았다. 우리는 우리가 이미
잃어버린 것과 잃어버릴 뻔한 것에 대해서 늘
생각하고 있었다. 잃어버릴 뻔한 것을 어떻게
잃어버리지 않을 수 있지? 우리는 묻고 또
물었다. 그사이 함께 있으면서 제 할 일을
찾는 사람들이 점점 늘고 있었다. 사람들은
제 할 일을 찾으면서 제힘도 찾는 것처럼
보였다. 모두 수년째 반복되는 이야기, 변화는
없을 것이라는 이야기를 절대로 받아들일 수
없는 사람들이 되어갔다. 꿈이 체념뿐이었던
마음속 자리를 차지했다. 마음은 어둡지만
최선을 다하는 모습들이 내 눈에는 왕족처럼,
장미처럼 고귀해 보였다. 요리를 하고 청소를
하고 어깨를 주무르고 부축하고 노래를

부르고. 인간의 몸은 수없이 다양한 방식으로
아름다울 수 있었다. 나는 이 사람들을
'잠자는 도시의 장미들'로 부르기 시작했다.
우리끼리의 저녁 인사는 "오늘은 얼마나
멀리 다녀오셨습니까?"였다. 이 인사말은
슬픔에도, 기쁨에도, 사랑에도, 꿈에도,
혼자만의 결심에도 모두 맞아떨어지는
말이었다. 나는 무사가 장미를 가꾸는 동안
라슬로의 〈추방당한 왕후〉를 읽어주기 위해
이 집 저 집을 다녔다. 그날그날 날리는
조금씩 다른 장미 향에 따라, 나는 읽고 있던
페이지에 아름다운 문장들을 끼워 넣었다.
마치 현실이라는 페이지에 아름다운 문장을
삽입하듯이.

36

"너무 궁금해. 보티첼리가 한 말은
뭐였어?"

"알고 싶어?"

"응."

"아, 언젠가 내가 누군가에게서 이와 같은
아름다움을 발견할 수만 있다면, 필리피노,
언젠가 나도 발견할 수만 있다면."

〈추방당한 왕후〉에서 나를 건드린 건 바로
이 문장이었다. '이와 같은 아름다움을 발견할
수만 있다면.' 이것이 내가 인생에서 진짜로
원하는 것임을, 내 전 재산을 바꿔서라도 얻고
싶은 단 하나의 것임을 이 문장으로 알았다.

그림의 제목은 〈추방당한 왕후〉.
필리피노는 그림 밑에 한 구절을 써놓았다.

'어두움이 깊다면 거기서 잉태된 아름다움
또한 깊을 것이다.'

37

눈이 내린다. 밤눈이 고요하게 우리를
깨운다. 당신이 아직 사랑을 믿는다면? 이제
남은 삶의 방식은 단 하나뿐이다. 우리는
서로 깨우리라. 깨어나면 놀라운 이야기가
기다리고 있다고 말해주리라. 눈이 내리고
세상은 온통 하얗게 빛나고 세상에는 아직
가능성이 남아 있다. 우리 모두 쓸쓸하게
죽거나 아니면 이 현실 너머에 더 깊은
아름다움과 더 큰 사랑이 존재한다는 것을
믿어야만 할 것이다.

38

눈이 내린다. 그리고 나는 이제 마음이
편하다. 마음이 편하다는 것은 이야기에 깃들
수 있다는 뜻이다. 내 마음이 깃들 이야기를

찾아냈다는 뜻이다.

39

"내 사랑. 궁금한 게 있어. 대체 언제부터 다른 이야기를 원하게 되었던 거야?"

작가의 말

　보긴 봤어도 무슨 뜻인지 모르겠는
말들이 있다. 지난 1년 사이 부모님 두 분이
연달아 큰 병에 걸렸다. 내겐 충격이라고
부를 만큼 급작스러운 일이었다. 나는 이제야
'부모를 잃는 고통'이라는 말의 의미를
힘겹게, 또 뼈저리게 알게 되었다. 나는 주로
임박한 '이별'에 대해서만 생각했다. 마음이
계속 슬픔과 두려움의 언저리를 맴돌았다.
결과적으로 마음을 다스리는 데 너무 많은
에너지를 썼다. 그러나 무슨 일이 있든 다시

세상과 연결되어서 힘껏 살아야만 했다.
그러기 위해 발판으로 삼을 만한 '단어' 혹은
'문장'을 찾곤 했다.

　　우리 부모님 두 분과 함께한 마지막
여행지는 우아하고 아름다운 메타세쿼이아와
공작단풍 나무가 있는 수목원이었다.
지팡이에 몸을 기댄 채 그 풍경을 바라보던
아빠의 말이 종종 생각났다. "여기는
무릉도원이네." 진분홍 꽃잎이 날리는 참
아련한 봄날이었다. 만약 시간이 주어진다면
부모님과 함께 그 아름다운 시간을 한 번 더
보내고 싶었다. 내 힘으로 부모님을 살릴 수는
없겠지만 다른 무언가를 '살리는' 이야기를
한 편 써보고 싶었다. 내가 그 일을 해낸다면
두 분은 나를 아름답고 장하다 여길 것이다.
그렇게 계속 살아보라고 하실 것이다.

이 소설은 크러스너호르커이 라슬로의
아름다운 소설 〈추방당한 왕후〉(《서왕모의
강림》, 노승영 옮김, 알마, 2022에 수록)의
영향을 받아 썼다. 라슬로의 소설에서
보티첼리가 필리피노에게 한 말, "언젠가
내가 누군가에게서 이와 같은 아름다움을
발견할 수만 있다면, 필리피노, 나도 언젠가
발견할 수만 있다면"(67쪽)에서 큰 영감을
받아 에피소드의 골격과 등장인물의 설정을
가져와 소설을 썼다. 이 소설은 이 하나의
문장 위에 켜켜이 쌓인 셈이다. 또 데이비드
콰먼의 《인수공통 모든 전염병의 열쇠》
2판(강병철 옮김, 꿈꿀자유, 2022) 634~638쪽의
내용과 수잰 오설리번의 《잠자는 숲속의
소녀들》(서진희 옮김, 한겨레출판, 2022)
23~53쪽에서 다룬 스웨덴 난민 아이들의
체념증후군 이야기를 참조해 썼다. 나는 이

글들이 우리 시대 생명의 본질에 관해, 중요한 부분을 건드린다고 생각한다.

　나와 많은 기억을 공유한, 따뜻했던 생명체를 떠나보내야 하는 순간에 무언가를 '살리는' 이야기를 쓰면서, 미지의, 그러나 강력한 힘을 낼 수 있었던 것을 평생 잊을 수 없을 것이다. 이 소설을 쓸 기회를 준 위픽 편집부와 강소영 편집자에게 감사드린다. 이제 나와 비슷한, 그러나 분명히 다를 슬픔 상실 이별의 고통을 모르지 않는 분들과 책 속에서 만나고, 마음으로 연결되고 싶다.

　사랑하는 아버지를 떠나보내고 24일째 되는 날에, 그 사랑을 절대 잊지 못할 딸로서 쓰다.

정혜윤

- 15

마음 편해지고 싶은 사람들을 위한 워크숍

초판 1쇄 인쇄 2023년 5월 26일
초판 1쇄 발행 2023년 6월 14일

지은이 정혜윤
펴낸이 이승현

출판2 본부장 박태근
스토리 독자 팀장 김소연
편집 강소영 곽선희 김해지 이은정 조은혜
디자인 이세호

펴낸곳 ㈜위즈덤하우스 **출판등록** 2000년 5월 23일 제13-1071호
주소 서울특별시 마포구 양화로 19 합정오피스빌딩 17층
전화 02) 2179-5600 **홈페이지** www.wisdomhouse.co.kr

ⓒ 정혜윤, 2023

ISBN 979-11-6812-715-9 04810
      979-11-6812-700-5 (세트)

값 13,000원